Emile ou de l'éducation

FichesdeLecture.com

Emile ou de l'éducation (Fiche de lecture)

I. INTRODUCTION

Émile ou de l'Éducation est un ouvrage écrit par le philosophe Jean-Jacques Rousseau, et publié pour la première fois en 1762.

Il s'agit d'un traité d'éducation, c'est-à-dire « d'art de former les hommes ». Avec les cinq Livres qui forment cet ouvrage, Rousseau reste aujourd'hui encore l'un des auteurs les plus lus sur ce sujet. D'ailleurs, au Japon, les instituteurs doivent lire *l'Émile.*

Pour cette entreprise, Rousseau a recours à deux personnages fictifs que sont Émile et Sophie (cette dernière arrivant dans le 5e Livre). Chacun des Livres s'attache à une période particulière du développement de l'enfant, et ce de manière chronologique.

Le livre IV contient la *Profession de foi du Vicaire savoyard* qui développe les idées religieuses de Rousseau. À la source de nombreuses polémiques, cette partie est souvent publiée à part.

II. RÉSUMÉ DE L'ŒUVRE

Livre I

Le premier livre porte sur la première partie de l'enfance. Rousseau y parle du développement physique du tout jeune enfant, basé surtout sur l'absence de parole et le ressenti d'impressions. Dès ce livre, le philosophe incite à une éducation qui ne contrarie pas la nature de l'enfant, c'est-à-dire qu'il ne doit être touché par aucun préjugé, aucune influence sociale.

C'est à sa mère de s'occuper de l'enfant, en particulier en l'allaitant. Cette période est consacrée à l'épanouissement physique de tendances naturelles, telles que bouger, toucher, ressentir, s'acclimater. Le bébé doit être rapidement lié à la nature, à son environnement. Il faut éviter qu'il devienne capricieux et gâté lorsque l'on répond à ses pleurs.

Livre II

La deuxième étape de l'enfance (de 5 ans à 12 ans environ) doit être consacrée au développement des sens. Émile ne doit pas apprendre dans les livres, mais doit au contraire développer sa sensibilité et son appréhension des choses dans le monde réel et physique. Ainsi, il sera capable de déductions pragmatiques et naturelles (Rousseau introduit alors l'exemple du cerf-volant).

L'enfant est alors très libre, mais il doit être guidé, non par des leçons de morale qu'il ne comprendrait pas, mais par des punitions qui font sens et qui découlent de ses propres erreurs. Là encore, on retrouve l'idée que l'enfant apprend (la morale, le bien et le mal, etc.) par le monde sensible uniquement : c'est l'époque d'une éducation « purement négative ».

À ce stade, Rousseau réfute la capacité d'un enfant de cet âge à raisonner. Il faut donc le laisser évoluer physiquement, s'entraîner, s'endurcir, jouer, s'adapter à la douleur, développer ses sens. Émile peut éventuellement apprendre à lire, mais il n'a pas encore besoin de livres. Nous sommes toujours dans l'idée qu'il faut affranchir l'enfant des conventions culturelles et sociétales.

Lorsqu'il atteint la fin de cette période à 12 ans, Émile est développé physiquement, libre, naturel et épanoui, bien que peu instruit et incapable de raisonner abstraitement.

Livre III

Ce troisième livre porte surtout sur les années de 12 à 15 ans.

Au stade suivant de son développement, Émile va devoir apprendre un métier (manuel), et donc suivre un apprentissage. Pour Rousseau, cela permet surtout de rendre le jeune homme sociable.

L'apprentissage doit être concret, rapide et orienté vers le monde physique. Selon Rousseau, l'âge des passions se profile, et il faut profiter de l'attention dont on peut encore disposer chez Émile. Toujours dans la lignée des étapes précédentes, l'apprentissage se fait beaucoup par l'observation du monde naturel, du ciel, etc.

Les livres sont mis de côté, à l'exception de *Robinson Crusoé* qui trouve grâce aux yeux du philosophe, car il serait un véritable « traité d'éducation naturelle ». On voit alors à quel point Rousseau s'interroge sur l'état de nature et l'influence néfaste de la société sur le développement de l'enfant, si l'on n'y prend pas garde.

Émile a, dans cette période, appris un métier, ce qui lui permet de réfléchir et commencer à former des jugements, mais en toute indépendance. En effet, c'est son expérience du travail qui lui permet de réfléchir, et non pas encore un ensemble de préjugés.

Livre IV

Le Livre IV, qui contient la célèbre « Profession de foi du Vicaire savoyard » (à laquelle nous consacrons la partie suivante), a fait couler beaucoup d'encre en raison des controverses suscitées.

Ce livre porte en effet beaucoup sur la morale, l'amour et la religion, car nous y suivons Émile de 15 à 20 ans environ. Cette fois, on le prépare à son futur statut d'époux, de père et de citoyen dans la famille et la société. C'est pour cette raison que les dernières années de son éducation sont consacrées à la morale et à la religion.

Un obstacle se dresse sur ce chemin : l'existence et le développement chez Émile de passions qui risquent d'entraver son éducation. Rousseau affirme alors qu'il ne faut pas chercher à les détruire (une quête vaine, puisqu'elles sont naturelles), mais que l'on doit s'attacher à privilégier les passions naturelles, pour mieux étouffer les plus brutales. Ces passions naturelles sont celles qui créent le lien social, amitié, sympathie, amour. Le jour où, justement, l'amour naît dans le cœur d'Émile, alors il doit être traité en homme, et son précepteur doit l'aider à ne pas céder à l'aveuglement dans son attrait pour une femme.

Le risque soulevé par le philosophe est qu'Émile soit choqué et troublé par sa première confrontation à la société. En conséquence de quoi il préconise une initiation à la vie humaine par l'étude de l'Histoire. Dans l'œuvre, cela passe par Plutarque notamment.

Dieu et l'éducation religieuse seront abordés dans la Profession de foi, sur laquelle nous allons revenir. Quoi qu'il en soit, à ce stade Émile est prêt à entrer dans le monde. C'est un jeune homme équilibré, naturel, non corrompu et heureux.

Livre V

Dans le livre V, un nouveau personnage entre en jeu : il s'agit de Sophie, qui va permettre à Rousseau de développer la question de l'éducation des femmes, de la sexualité, de la rencontre, de la famille...

Lors de cette période, Émile connaît déjà ses premiers émois, et nous assistons au traitement de l'éveil à la sexualité d'un jeune homme. Mais cela se fait en parallèle de l'ouverture à la citoyenneté.

C'est dans cet esprit qu'il faut concevoir sa rencontre avec Sophie. Elle marque à la fois un début de vie amoureuse, mais surtout une insertion dans la société, puisqu'à terme cela implique mariage, famille et devoirs de citoyen. La thématique citoyenne est toutefois ce qui pousse Émile à laisser Sophie quelque temps. Émile voyage et découvre les us et coutumes d'autres pays et peuples, afin de compléter son éducation politique. Le Livre V est donc celui d'une étude de la société civile, à laquelle Émile doit s'habituer. Le constat est amer, car partout sur son passage Émile traverse des pays qui sombrent dans la corruption. Il doit alors se demander où s'installer. Émile choisit finalement son pays natal, et une vie rurale où les mœurs sont les moins touchées, afin de mener une existence équilibrée avec Sophie. Devenu père, on peut considérer qu'Émile a terminé son éducation.

Sur la question de l'éducation féminine, Rousseau ne transige pas : « *Toute l'éducation des femmes doit être relative aux hommes. Leur plaire, leur être utiles, se faire aimer et honorer d'eux, les élever jeunes, les soigner grands, les conseiller, les consoler, leur rendre la vie agréable et douce : voilà les devoirs des femmes dans tous les temps* ».

Sophie a été élevée dans cet esprit, et c'est une véritable femme d'intérieur vertueuse, qui cherche à « servir Dieu ».

III. LE CAS PARTICULIER DU LIVRE IV

Rousseau a intégré, dans le Livre IV, un texte qui a provoqué de nombreuses polémiques : il s'agit de la « Profession de foi du vicaire savoyard ».

Ces lignes portent sur Dieu et la religion vus par le philosophe. L'ensemble de la Profession a provoqué une levée de boucliers contre Rousseau, avec des critiques de tous bords : ministres de Genève, archevêque de Paris, Voltaire, Holbach...

En raison de ces lignes, l'*Émile* fait l'objet d'une interdiction. Mais qu'y dit Rousseau exactement ?

Le philosophe critique d'abord toutes les religions, et avec elles leurs Églises et représentants. À la place, il préconise une religion naturelle. Cela le conduit à prêcher la tolérance dans la foi personnelle.

Le caractère nouveau de la critique du philosophe est de s'intéresser aux espoirs légitimes auxquels l'homme peut penser accéder.

Pour développer sa pensée, Rousseau s'est inspiré des abbés Gaime et Gâtier, et a créé le personnage du Vicaire. Ce dernier est bien catholique, certes, mais comme l'écrit le penseur : « je l'entendais quelquefois approuver des dogmes contraires à ceux de l'Église romaine » et « Je l'aurais cru protestant déguisé, si je l'avais vu moins fidèle à ces mêmes usages dont il semblait faire assez peu de cas ».

D'autres sources indiquent que Rousseau s'est inspiré d'un « homme de paix » qu'il a connu durant sa jeunesse. Quoi qu'il en soit, le personnage du vicaire lui permet d'incarner ses idées sur la religion et la morale naturelle, dont « le culte essentiel est celui du cœur ».

Finalement, Rousseau n'affirme rien d'autre que le fait que la raison et le cœur de l'être humain sont la source et le sens de ce qu'il appelle la religion naturelle.

Se pose alors le problème de l'appartenance au groupe et à la communauté. En effet, la religion héritée par un individu l'inscrit dans un groupe dont la religion naturelle risquerait de le couper. Du coup, Rousseau paraît affirmer que les individus doivent rester fidèles à la religion de leurs pairs.

La Profession du vicaire se dresse surtout contre les matérialistes, au premier rang desquels Helvétius, ainsi que contre les philosophes. Une fois de plus, Rousseau dénonce le scepticisme et les carcans de la pensée qui entravent la liberté de l'esprit : "L'indifférence philosophique ressemble à la tranquillité de l'État sous le despotisme ; c'est la tranquillité de la mort ; elle est plus destructive que la guerre même".

Il ajoute aussi : « Ainsi toutes les disputes des idéalistes et des matérialistes ne signifient rien pour moi : leurs distinctions sur l'apparence et la réalité des corps sont des chimères. »

Ce mépris vient de l'expérience personnelle de Jean-Jacques. Dès 1750, il est profondément déçu par les philosophes et leur « prodigieuse diversité de sentiments », causée par « l'insuffisance de l'esprit humain ».

IV. AXES D'ANALYSE

L'élaboration d'un programme éducatif

« J'appelle éducation positive celle qui tend, à former l'esprit avant l'âge et à donner à l'enfant la connaissance des devoirs de l'homme. J'appelle éducation négative celle qui tend à perfectionner les organes, instruments de nos connaissances, avant de nous donner ces connaissances et qui prépare à la raison par l'exercice des sens. L'éducation négative n'est pas oisive, tant s'en faut ; elle ne donne pas les vertus, mais elle prévient les vices ; elle n'apprend pas la vérité, mais elle préserve de l'erreur ; elle dispose l'enfant à tout ce qui peut le mener au vrai quand il est en état de l'entendre, et au bien quand il est en état de l'aimer. »

On le voit, le philosophe a mis en place un véritable programme éducatif dans l'*Émile*, programme dont les préconisations ont souvent été appliquées par des familles lors des siècles suivants.

Son programme éducatif conseille fortement de ne pas mettre l'enfant au contact des livres, de la société et de ses règles ; cela vient directement de son expérience personnelle. En effet, Rousseau a été très tôt exposé à la culture érudite, et a voulu en signaler les dérives.

Après avoir exercé plusieurs métiers, le philosophe a compris que l'expérience et la pratique de l'observation étaient en fait des éléments fondamentaux dans l'existence d'un jeune homme, bien plus peut-être que la lecture assidue d'ouvrages plus abstraits et théoriques.

De plus, Rousseau pense qu'une formation physique lui a manqué, ce qui explique que l'*Émile* prenne autant en compte cette dimension. Toutes ces données vont l'opposer au type d'éducation en vogue à son époque. Rousseau fait l'apologie d'une éducation par le jeu, d'une liberté encadrée et d'un éloignement de la société propre à favoriser l'expérimentation physique et l'observation, pour un jugement moral non corrompu. Jusqu'à douze ans environ, il faut donc faire appel aux sens concrets de l'enfant, à sa morale, et non au jugement qui est une capacité propre aux adultes.

Morale et culture

La grande originalité de Rousseau dans cette œuvre est d'avoir, une fois de plus, insisté d'une manière révolutionnaire pour son époque sur le décalage entre culture et morale.

Pour lui, et c'est une provocation qui fait sens, le développement de la culture a tout simplement accéléré le déclin moral des êtres humains. C'est une source évidente de scandale que de penser ceci dans le siècle des Lumières, qui a tellement foi dans le progrès humain.

Selon Rousseau donc, et cela est visible dans son programme d'éducation du jeune Émile, la culture est productrice de vice et non de vertu.

Pour un philosophe qui place la moralité individuelle et naturelle au cœur de sa réflexion sur l'éducation et la citoyenneté, on comprendra dès lors pourquoi un isolement précoce des lois de la société apparaît comme nécessaire.

Pour conclure, on retrouve là la pensée de Rousseau telle qu'exprimée lors du concours de l'Académie de Dijon en 1750.

Dans la même collection en numérique

- 11 -

Escadrille 80
Inconnu à cette adresse
La controverse de Valladolid
Les Vilains petits canards
Une partie de campagne
Cahier d'un retour au pays natal
Dora Bruder
L'Enfant et la rivière
Moderato Cantabile
Alice au pays des merveilles
Le faucon déniché
Une vie
Chronique des Indiens Guayaki
Je voudrais que quelqu'un m'attende quelque part
La nuit de Valognes
Œdipe
Disparition Programmée
Education européenne
L'auberge rouge
L'Illiade
Le voyage de Monsieur Perrichon
Lucrèce Borgia
Paul et Virginie
Ursule Mirouët
Discours sur les fondements de l'inégalité
L'adversaire
La petite Fadette
La prochaine fois
Le blé en herbe
Le Mystère de la Chambre Jaune
Les Hauts des Hurlevent
Les perses
Mondo et autres histoires
Vingt mille lieues sous les mers
99 francs
Arria Marcella
Chante Luna

Emile, ou de l'éducation

Histoires extraordinaires

L'homme invisible

La bibliothécaire

La cicatrice

La croix des pauvres

La fille du capitaine

Le Crime de l'Orient-Express

Le Faucon malté

Le hussard sur le toit

Le Livre dont vous êtes la victime

Les cinq écus de Bretagne

No pasarán, le jeu

Quand j'avais cinq ans je m'ai tué

Si tu veux être mon amie

Tristan et Iseult

Une bouteille dans la mer de Gaza

Cent ans de solitude

Contes à l'envers

Contes et nouvelles en vers

Dalva

Jean de Florette

L'homme qui voulait être heureux

L'île mystérieuse

La Dame aux camélias

La petite sirène

La planète des singes

La Religieuse

À propos de la collection

La série FichesdeLecture.com offre des contenus éducatifs aux étudiants et aux professeurs tels que : des résumés, des analyses littéraires, des questionnaires et des commentaires sur la littérature moderne et classique. Nos documents sont prévus comme des compléments à la lecture des oeuvres originales et aide les étudiants à comprendre la littérature.

Fondé en 2001, notre site FichesdeLectures.com s'est développé très rapidement et propose désormais plus de 2500 documents directement téléchargeables en ligne, devenant ainsi le premier site d'analyses littéraires en ligne de langue française.

FichesdeLecture est partenaire du Ministère de l'Education du Luxembourg depuis 2009.

Plus d'informations sur www.fichesdelecture.com

ISBN: 978-2-511-02997-8

Notes :